APPEURS
SPIROU
ERNST

LES ZAPPEURS

Zappeur et sans reproche

Dessin et scénario :

ERNST

DUPUIS

D. 1995/0089/105
ISBN 2-8001-2216-1

Imprimé en Belgique.
R. 5/2001.

ADIEU, MONDE VIRTUEL!

OH! LA PORTE SE FERME! IL FAUT SORTIR EN VITESSE.
VIES : 4
SAUVÉ!
?
?
UNE CLEF! IL FAUT LA PRENDRE.
VIES : 4
?
?
WAW!
AAAAAH... JE SUIS POURSUIVI PAR UN MONSTRE GALACTIQUE!
GRRRRRRRRR
VIII - 2
VITE, PASSER CETTE MURAILLE DE PLUIE.
VIES : 3
HÉÉÉÉÉÉÉEE
CAR WASH
98

OUF. CETTE PLUIE ACIDE A ÉLOIGNÉ LE MONSTRE.
?
$
ZUT, IL ME MANQUE TROP D'ÉNERGIE, J'AI ENCORE PERDU UNE VIE !
Attention, champ de mines.
VIES : 2
PRUDENCE, J'ARRIVE DANS UNE ZONE MINÉE.
SPROTCH
ZUT. PLUS QU'UNE VIE !
UN ENNEMI ! IL FAUT LUI ARRACHER SON ARME.
VIE : 1
VIE : 1
OUAIS, ÇA Y EST, JE L'AI !
VIE : 1
VIII - 3
HÉ MAIS ?!
?

OH, PAUVRE JEUNE HOMME...
... VOULEZ-VOUS DE L'AIDE ?
AU SECOURS, UNE PIEUVRE A FAILLI M'ATTRAPER !
CHOUETTE, UN VAISSEAU. JE SAUTE DEDANS !
VIE : 1
BLOARF
ZUT ZUT ZUT ZUT ZUT, JE ME SUIS GOURRÉ, J'ARRIVE AU POINT DE DÉPART !
VIE : 0
JEUX VIDEO
MF
Voulez-vous jouer une autre partie?
GAME OVER
VIE : 0
VIII - 4
ALORS, JUJU, QU'EST-CE QUE TU PENSES DE CE J...?
SEGA
HURMPF
?
QUELLE ODEUR !
?
OUAIS... CH'SUIS MORT. C'EST TROP RÉALISTE, CE JEU ! T'AURAIS PAS "PACMAN", PLUTÔT ?
ERNST
FIN

CÔTÉ MÉTÉO, JE ME TOURNE VERS ALAIN GIGOT PESÉ ...
MERCI, PATRICK POIVROT D'ACCORD. L'ANTICYCLONE GRANDIT ET ATTEINT NOS RÉGIONS PAR L'ATLANTIQUE ...
D'APRÈS LES SPÉCIALISTES, LA VAGUE DE CHALEUR QUI NOUS ARRIVE VA PROVOQUER UNE FORTE SÉCHERESSE QUI RISQUE D'ÊTRE AUSSI IMPORTANTE QU'EN 1990...
PFFFFFF
?!
?!
32
ERNST

ZAP

ALORS LÀ, C'EST LE DÉBUT: ARNOLD SCHWARZENEGGER EST PRISONNIER DANS UN CAMP. TOUS LES DÉTENUS ONT UN COLLIER AUTO-DESTRUCTEUR AU COU, DANS LE CAS OÙ ILS S'ÉCHAPPERAIENT...
LÀ, IL DOIT AFFRONTER DES GLADIATEURS DU FUTUR ; LE PREMIER QUI L'ATTAQUE ROULE À MOTO ET A UNE TRONÇONNEUSE À LA MAIN. IL S'APPROCHE D'ARNOLD...
LÀ, ILS ONT RÉUSSI À DÉCONNECTER LES CIRCUITS ÉLECTRONIQUES DES RELAIS SATELLITES. ILS VONT DONC POUVOIR REVENIR SUR LE PLATEAU DE L'ÉMISSION ET ANÉANTIR LE RÉSEAU PAR UN COUP DE FORCE ...
18
ALLEZ, LE FILM EST FINI, JE VAIS RACCROCHER, CAR J'AI MAL À L'OREILLE ...
... À PROPOS, IL EST QUELLE HEURE POUR LE MOMENT CHEZ TOI À TOKYO ?...
BOM
ERNST

ZAP

OUAIS OUAIS OUAIS !
OUAiiiiiS ! J'AI RÉUSSI ! J'AI LA NAVETTE SPATIALE !
FRSHHHHH
CE JEU-LÀ, IL EST DUR : FAUT PASSER DES ÉPREUVES ET ÉVITER DES PIÈGES...
LEONARD
MÉGA GÉNIAL ! J'ARRIVE AU SEPTIÈME NIVEAU !
J'AI RÉUSSI !
WORLD 7
BOM
BOM
B̄ = −1 + B Σ 1/(1+a)^t = g_n B − 1 γT = |dv/dt| γN = V2/r
OUAIS, ÇA VA DE SOI : LE RÉSULTAT FAIT 6'27"
FACILE !
94
BON, J'AI LA DALLE, MOI.
CHIC, UN CADEAU : " DANS CETTE BOÎTE, UN BOULIER "
FROSTI
ARTHUR
DIS, PAPA, C'EST QUOI UN BOULIER ?
JE PIGE PAS.
JE COMPRENDS PAS COMMENT ÇA MARCHE. ÇA SERT À QUOI ?
LE SHOT
ERNST

ZAP

QU'EST-CE QUE TU VEUX REGARDER, CE SOIR À LA TÉLÉ ?
LE FILM SUR LA 2 A L'AIR PAS MAL.
HÉÉÉ NON, JE L'ENREGISTRE JUSTEMENT..
...C'EST IDIOT !
IL Y A LE CINÉ-CLUB SUR LA 3.
PFUUUU... ENCORE UN VIEUX FILM EN NOIR ET BLANC !... ÇA VAUT BIEN LA PEINE, TIENS, D'AVOIR ACHETÉ HORS DE PRIX UNE TÉLÉ COULEUR !
IL Y A UN DOCUMENTAIRE INTÉRESSANT SUR "ARTHÉ".
PFFFFT... J'AI PAS ENVIE DE M'ENDORMIR MAINTENANT.
IL Y A UN FILM COMIQUE SUR "N6", ON POURRAIT REGARDER ÇA !
ON L'A DÉJÀ VU CINQUANTE FOIS, CE FILM. C'EST UNE RE-RE-RE-RE-RE-DIFFUSION.
95
BON, BEN, IL RESTE LE PROGRAMME DE LA UNE, ALORS !
LE CHIFFRE PORTE-BONHEUR DE NOTRE INVITÉ SURPRISE EST LE 32 !... BRAVO, MADAME JURDAN, VOUS GAGNEZ 10.000 F. ...
AVEC TOI, C'EST TOUJOURS LES ÉMISSIONS DE VARIÉTÉS À LA NOIX, QU'ON REGARDE ! T'EN RATES PAS UNE, HEIN !
ERNST

QUI C'ÉTAIT, L'ONCLE LUCIEN ?
LE MARI DE TANTE SUZANNE, QUI ÉTAIT PROF DE MATH À LA RETRAITE.
C'EST CELLE QUI PLEURE, LÀ ?
OUI.
PAUVRE LUCIEN... ... IL EST NÉ UN 13 ET ON L'ENTERRE UN 13.
BOUHOU HOU HOU...
... C'ÉTAIT POURTANT UN CHIFFRE PORTE-BONHEUR : IL AVAIT TREIZE PETITS-ENFANTS...
SNIF
SNIF
SNIF
... ET L'INHUMATION A EU LIEU À 13 HEURES...
BOUH HOU...
... CE NOMBRE L'AURA VRAIMENT POURSUIVI JUSQU'AU BOUT.
MAMAN, Y A UNE TÉLÉ !
CHUUUUT... ON NE REGARDE PAS LA TÉLÉ UN JOUR COMME AUJOURD'HUI.
96
DRIIING DRIIING DRIIING
LE TÉLÉPHONE ! TU PEUX RÉPONDRE, S'IL TE PLAIT, MON PETIT JUJU ?
HEU... ... OUI, OUI.
ERNST
C'EST UN JEU TÉLÉVISÉ : ILS DEMANDENT SI ON CONNAÎT LE NUMÉRO DE LA CHANCE ?
BOUH HOU BOUH HOU

HIER, J'AVAIS TROIS HEURES D'ATTENTE AVANT DE PRENDRE LE TRAIN, ALORS J'AI ÉTÉ VOIR "CHRISTOPHE COLOMB" AU CINÉMA.
AH OUAIS ? RACONTE !
... C'EST L'INQUISITION EN ESPAGNE, ON BRÛLE LES MÉCRÉANTS ET LES SORCIÈRES...
NINA, TU M'ENVOIES UN DANOME.
JUJU, TU ME PASSES LES "Mc KAIN", S'IL TE PLAÎT ?
... C'EST LA TERREUR...
... CHRISTOPHE COLOMB ATTEND PENDANT SEPT ANS LES FONDS QUI VONT LUI PERMETTRE DE PARTIR...
HÉÉÉÉ, TU ME LAISSES DU COKA, JUJU !
... LE VOYAGE EST PLUS LONG QUE PRÉVU. IL LE SAVAIT, MAIS L'AVAIT CACHÉ À SON ENTOURAGE...
QUI VEUT DU FROMAGE "KIVI" ?
NON, JE PRÉFÈRE DU "BOURZIN".
97
C'EST PAS BIENTÔT FINI, CES COUPURES PUBLICITAIRES PENDANT QUE JE RACONTE MON FILM !
?
?
?
ERNST

ZAP
ZAP
MAIS ? POURQUOI IL CHANGE TOUT LE TEMPS DE CHAINE ?
J'SAIS PAS.
ZAP
PAPY, EUH...
ZAP
... PAPY, EXCUSEZ-MOI, MAIS POURQUOI ZAPPEZ-VOUS TOUT LE TEMPS ?
ZAP
ZAP
98
IL N'ENTEND PAS.
ZAP
TIENS, JUJU, JE TE RENDS TA "GAME GIRL", JE NE COMPRENDS RIEN A' CES JEUX VIDÉO. JE VAIS ME COUCHER.
ERNST

IL EST DÉBILE, POURQUOI Y FAIT ÇA ?
?
IL POURRAIT FAIRE MIEUX !
MAIS ?... ...IL S'Y PREND COMME UN MANCHE !
JE PIGE PAS POURQUOI Y FAIT ÇA COMME ÇA ?
TAP TAP TAP
107
IL EST MÉGA NUUUUL.
MAIS POURQUOI IL TRAÎNE LA PATTE ?
PAF
POURQUOI TU AS SEULEMENT 4/20 EN HISTOIRE ?
POURQUOI TU FAIS PAS MIEUX ?
POURQUOI TU TRAÎNES LA PATTE ?
POURQUOI TU T'Y PRENDS COMME UN MANCHE ?
T'ES MÉGA-NUL !
BULLETIN
ERNST

ZAP
POK
VEN 13
ERNST 180

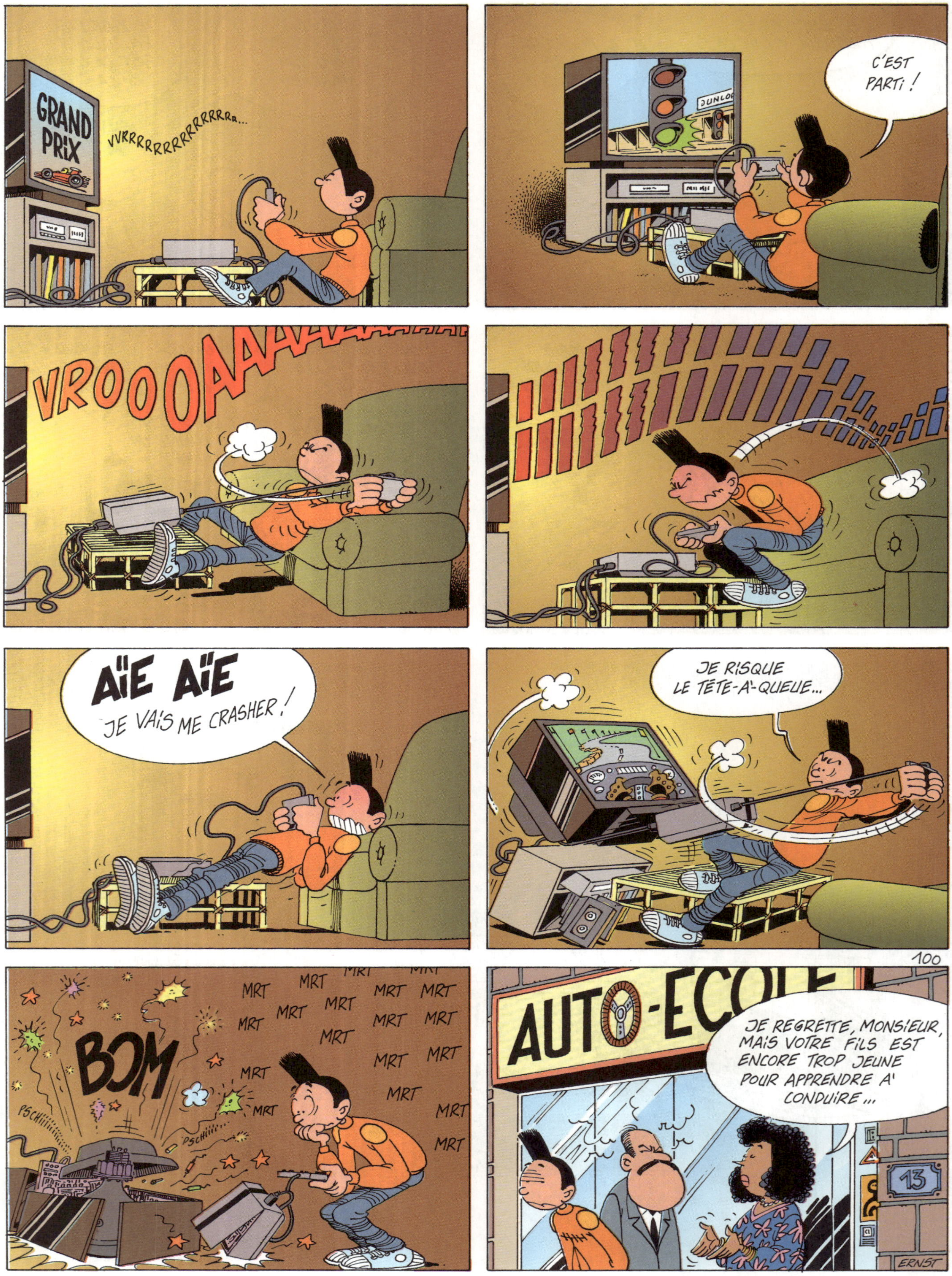
GRAND PRIX
VVRRRRRRRRRRRRRRrr...
DUNLOP
C'EST PARTI !
VROOOAAAAAAAAAAAA
AÏE AÏE
JE VAIS ME CRASHER !
JE RISQUE LE TÊTE-À-QUEUE...
100
BOM
PSCHIIIIII
PSCHIIIII
MRT MRT MRT MRT MRT MRT MRT MRT MRT MRT MRT MRT MRT MRT MRT MRT MRT
AUTO-ECOLE
JE REGRETTE, MONSIEUR, MAIS VOTRE FILS EST ENCORE TROP JEUNE POUR APPRENDRE À CONDUIRE...
13
ERNST

ZAP

DING DONG
OH, PAPA A ACHETÉ UNE CAMÉRA VIDÉO.
?
COUCOU ! C'EST LA "UNE" QUI ARRIVE CHEZ VOUS POUR UN REPORTAGE.
CHÉRI, TU ES FOU...
... ET PUIS JE NE SUIS PAS COIFFÉE !
PRÉPAREZ-VOUS, NOUS ALLONS FAIRE UN FILM EN FORÊT.
CHOUETTE !
MAGNIFIQUE, CE PLAN !
SPIELBERG PEUT ALLER SE RHABILLER.
ET CES CHAMPIGNONS : SUPERBES...
... ET EXCELLENTS, DE SURCROÎT : ON DEVRAIT EN RAM...
CHÉRI ! NE MANGE PAS ÇA !
CRONCH CRONCH
WIIIUUW:::UUWIIIUUW::UU
AMBULANCE
C'EST SPECTACULAIRE MAIS PAS GRAVE. RASSUREZ-VOUS ; DANS DEUX JOURS, IL N'Y PARAÎTRA PLUS.
TOC TOC
ENTREZ.
BONSOIR. "TF UNE - GRANDS REPORTAGES", C'EST ICI, LE MONST... HEU... LE "PHÉNOMÈNE" ?
TF UNE
ERNST
101

ZAP

ZAP

T'AS VU, PAPA ?! A' CANAL, Y PROPOSENT SEPT CHAÎNES SUPPLÉMENTAIRES POUR LE PRIX D'UNE ! ON DEVRAIT S'ABONNER !
TU NE CROIS PAS QU'ON A ASSEZ DE CHAÎNES COMME ÇA ?
... AVOUE QU'ON A LE CHOIX, ON A MÊME UNE CHAÎNE CULTURELLE !
CULTURELLE... CULTURELLE... ... SOPORIFIQUE, OUAIS !
C'EST POUR AVOIR AUTRE CHOSE.
BON SANG, ON A UN PAQUET DE CHAÎNES DIF-FÉRENTES...
ZAP
... DIVERSIFIÉES.
CARNET ROSE A' LA PRINCIPAUTÉ DE MONEGO, UN PETIT JEAN-PHILIPPE EST NÉ CE JOUR...
ZAP
... UNE NAISSANCE A' MONEGO : LA PRINCESSE EST MAMAN D'UN JEAN-PHILIPPE ; NOTRE ENVOYÉ SPÉCIAL SUR PLACE : ALEX TÉRIEUR...
ZAP
...EXCLUSIF POUR LA "UNE" : LES RÉ-VÉLATIONS DE "STEFF", LA MAMAN DU PETIT JEAN-PHILIPPE, NÉ CE MATIN A' MONEGO...
ZAP
102
AU NIRACAGUA : 30 MORTS. A' MONEGO : 1 NAISSANCE. L'ACTUALITÉ CONTRAS...
ARRÊT
OÙ FAUT-IL SIGNER POUR S'ABONNER ?
BOM
TéléMAG
ERNST

ZAP

... UN VILLAGE ENTIER POLLUÉ PAR LES GAZ TOXIQUES D'UNE USINE À ROBLINSKY DANS L'EX-URSS : TOUS LES NOUVEAU-NÉS SONT MORTS EMPOISONNÉS...
ZAP
... L'AIDE HUMANITAIRE N'ARRIVE PAS À SLOTZK, LES PREMIÈRES VICTIMES SONT LES ENFANTS QUI MEURENT DE FAIM ET DE FR...
ZAP
... CAR SCOLAIRE TOMBE D'UN PONT À TURIN, ON DÉPLORE LA MORT DE VINGT-DEUX ENFANTS DE DOUZE À QUINZE ANS...
ZAP
... DEUX ENFANTS RETROUVÉS ASSASSINÉS CE MATIN DANS LE BOIS DE PASSY...
ARRÊT
BON, ÇA SUFFIT COMME ÇA !
AH, MAMAN, MAUVAISE NOUVELLE, J'AI EU UN 4 SUR 20 EN MATH.
103
SMAC
MAUVAISE NOUVELLE ?
BAH...
... TOUT EST RELATIF, MON CHÉRI.
ERNST
?
!
?
?
?
?
?
?

PANNE !
ÇA Y EST ! UNE COUPURE DE COURANT !
OH MERDE
ALLÔ ?! EDF ? OUI ...
UN PYLÔNE PERCUTÉ PAR UN CAMION ... ... RÉPARÉ DEMAIN MATIN ... ... DÉSOLÉS ...
C'EST PAS VRAI !
IL Y AVAIT "ENVOYÉ SPÉCIAL", ET SUR LA UNE : "CHRISTOPHE COLOMB" !
ZUT ALORS !
ET PUIS, ON POUVAIT AUSSI ENREGISTRER LA DERNIÈRE DIFFUSION DU PARRAIN VII SUR CANAL !
AH, C'EST VRAI !
IL Y AVAIT AUSSI LE CYCLE "RAIMU" AU CINÉ-CLUB DE LA TROIS.
OOOOH ! ZUT ZUT ZUT !
BON, BEN IL NOUS RESTE LA RADIO POUR PASSER NOTRE SOIRÉE !
PFUU ...
ERNST
104
NE MANQUEZ PAS CE SOIR SUR LE PETIT ÉCRAN : "CHRISTOPHE COLOMB" SUR LA UNE, "ENVOYÉ SPÉCIAL" SUR LA DEUX, LE CYCLE "RAIMU" SUR LA ...

ÇA TE DIT D'ALLER VOIR LE DERNIER POLANSKI CE SOIR AU CINÉMA ?
OH, TU SAIS, MOI, LE CINÉMA ...
... LES GENS QUI MÂCHENT DU CHEWING-GUM, CEUX QUI FROISSENT LES PAPIERS DE BONBONS ...
D. CHARD
... SANS COMPTER CEUX QUI BAVARDENT PENDANT LE FILM ...
... ET PUIS LES COPIES SONT TOUJOURS DE MAUVAISE QUALITÉ ...
... ET LES SÉANCES QUI COMMENCENT EN RETARD ...
IN FORMATION
... MERCI, C'EST SYMPA DE M'INVITER, MAIS FRANCHEMENT, JE PRÉFÈRE REGARDER MON FILM DU SOIR, BIEN TRANQUILLE CHEZ MOI.
VEUILLEZ EXCUSER CETTE INTERRUPTION DES PROGRAMMES ...
MÂCHE MÂCHE MÂCHE MÂCHE
'SONT BÊTES DE COUPER AU MILIEU DU FILM.
HEIN P'PA ?
DRIIIING
QUI VOILÀ ?! ...
... TANTE IRÈNE !
BELE BELE BELEB
RÔT
BAVE BAVE
108 ERNST

ZAP

BUS
ARRÊT FACULTATIF
BELE BELE
BELEBELEBELELEBELEBELE
BELEBELE
BELE
BUS
ARRÊT DUBITATIF
?
138
BUS
ARRÊT INTEMPESTIF
RAATATATATATATATATATATA...
Télé Vidéo
BUS
ARRÊT CORROSIF
MRGLMRL GAMIN DE MERDE
PETIT CON
C'TE JEUNESSE PPU!
GRMLM NODIDJU
ÇA TRAÎNE
OUGH, OUGH!
Camescope ZONY Nouvelle Génération
ERNST

ZAP

ERNST 181

ZAP

JE DOIS FAIRE PIPI.
VA DERRIÈRE CE BUISSON, LÀ, ON NE TE VERRA PAS.
ON NE ME VOIT PAS, LÀ ?
MAIS NON !
SÛR ?
PUISQU'ON TE LE DIT, NINA !
T'AS BIEN VU QU'IL N'Y AVAIT PERSONNE ICI À PART NOUS !
99
GRÂCE AUX PROGRÈS ÉNORMES DANS LE DOMAINE DE LA PHOTO SATELLITE, ON PEUT VOIR DU CIEL UNE PIÈCE DE 10 F AU SOL...
... VOICI UNE PHOTO PRISE CE JOUR À 16 H. ...
HÉ, ON VOIT NINA DERRIÈRE SON BUISSON !
?
ERNST

SALON DU JEU VIDEO
DRAGON
AH OUAIS, "SLEEP FIGHTER III". JE CONNAIS.
MONKEY
"HORROR OF THE DONJON". UN ANCÊTRE.
AH BON ?
MAIS OUI, ÇA FAIT DEUX MILLE ANS QU'IL EXISTE !
GRRR
"THE LEGEND OF MELBA" ... CONNAIS PAS.
MAIS SI, IL Y ÉTAIT DÉJÀ IL Y A DEUX ANS !
GAME
WILD
"MIG 27 ON THE MOON" ... C'EST NOUVEAU, ÇA ?
HÉ, LE PÉPÉ RINGARD, TU DÉBARQUES OU QUOI ?
IL A CINQ ANS, CE JEU !
BON, ALLEZ, ON S'EN VA.
109
HÉ ! QU'EST-CE QUE C'EST, CE JEU ?
D'OÙ Y VIENT, CE MARTIEN ?
?
OH, UN JEU D'UNE AUTRE GALAXIE ... JE CONNAIS.
ERNST

ZAP

FILMER À L'IMPROVISTE : VOILÀ LE VRAI CINÉMA VÉRITÉ !
RÉAGIR SUR LE VIF, EN DIRECT.
PAPA...
REC
UTILISER LES TECHNIQUES DU CINÉMA D'AMBIANCE...
EUH...
REC
... PLAN AMÉRICAIN...
PAPA, TU...
REC
...ZOOM...
REC
... UN PANORAMIQUE AU HASARD, HISTOIRE DE GUETTER L'EXPRESSION...
REC
110
... D'UN VISAG
AAAAAAH ! L'HORREUR !
REC
TANTE IRÈNE ! VOUS ÉTIEZ LÀ ?
J'VOUS AVAIS PAS RECONNUE.
ERNST

"NIQUE… …la planète des records !"
"CHAMEL n° 5… il saura vous séduire…"
CLARINS
PARFUMERIE
Parfum Chamel
Chamel
Avec la Pentra, c'est comme avec une femme : vous avez le coup de foudre, ensuite, vous voulez la garder toute votre vie.
Prix TTC 448.000 Fr.
La Splatch du lundi n'est pas la Splatch du mardi ni même celle du jeudi…
CLAC
CLAC CLAC
DOU DOU BIDOU
Splatch
Le Ketchup Aroma, c'est pour toi et c'est pour moi. C'est pas du raplapla…
111
UN TROU DE MÉMOIRE, JUJU ?
Le corbeau et le renard
EUH…
ERNST

Charlotte
NE ME REMERCIEZ PAS, VOUS AVEZ LE PRIVILÈGE D'AVOIR ÉTÉ ÉLU "FOYER PILOTE" QUI VA TESTER GRATUITEMENT LA NOUVELLE TÉLÉCOMMANDE DU FUTUR, J'AI NOMMÉ : "CHARLOTTE" ! ...
?
... VOUS ALLEZ POUVOIR ZAPPER VOTRE TÉLÉ, VOTRE CHAÎNE STÉRÉO, VOTRE LASER, VOTRE ORDINATEUR, VOTRE FAX, VOTRE MINITEL ...
... ET PEUT-ÊTRE MÊME UN JOUR VOTRE BELLE-MÈRE
HA HA !
ZAP ZAP ZAP ZAP ZAP ZAP ZAP
... ELLE ENREGISTRE LES ONDES HERTZIENNES CODÉES ... *
... ELLE PEUT AGIR À TRAVERS UN MUR DE TROIS MÈTRES CAR LES COMMANDES SONT TRANSMISES PAR ONDES RADIO ... *
... ELLE PARLE, ELLE CLIGNOTE, ELLE VOUS AVERTIT DU TYPE DE PROGRAMME ... *
POK
... ELLE MÉMORISE LE TEMPS PASSÉ DEVANT CHAQUE CHAÎNE POUR CHAQUE TÉLÉSPECTATEUR, LES TENDANCES, LES CHOIX DES UNS, LES GOÛTS DES AUTRES ... *
?
... ET BIEN SÛR, ELLE EST INCASSABLE !
POK
POK
* AUTHENTIQUE
VOUS SIGNEZ LÀ ET JE VOUS LAISSE FAIRE JOUJOU AVEC CETTE MERVEILLE.
CONTRAT
BONJOUR ! JE M'APPELLE CHARLOTTE, JE SUIS VOTRE NOUVELLE COMPAGNE, JE SUIS LÀ POUR VOUS SERVIR ET AMÉLIORER VOTRE CONFORT.
GÉNIAAAAL !
COOOOOOOL !
ET SI J'ESSAIE DE TÉLÉCOMMANDER À MA FEMME UNE BIÈRE FRAÎCHE ?
ZAP
IX-1
JE SUIS DÉSOLÉE, UN TEL OBJET NE PEUT ÊTRE TÉLÉCOMMANDÉ.
MAIS ? QU'EST-CE QUE TU FAIS ?
RIEN, RIEN.
ERNST
BON, ALORS ON ESSAIE AVEC LA CHAÎNE STÉRÉO.
GREEN LIGHT, SEVEN ELEVEN YOU STOP IN FOR A PACK OF CIGARET YOU DON'T SMOKE ...
ZAP
AH OUAIIIIIS, ÇA MARCHE !
ZAP

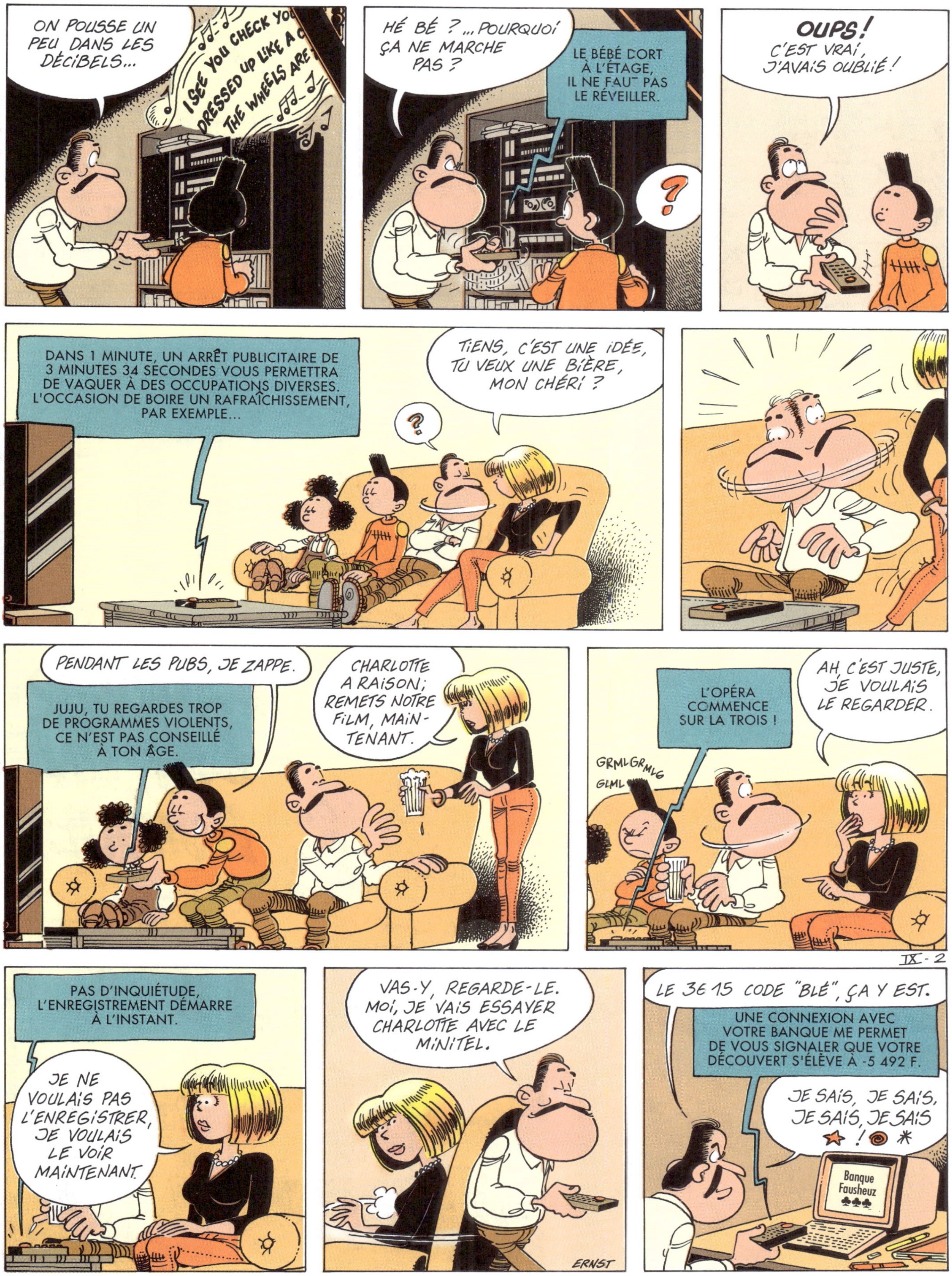
ON POUSSE UN PEU DANS LES DÉCIBELS...
I SEE YOU CHECK YO
DRESSED UP LIKE A C
THE WHEELS ARE
HÉ BÉ ?... POURQUOI ÇA NE MARCHE PAS ?
LE BÉBÉ DORT À L'ÉTAGE, IL NE FAUT PAS LE RÉVEILLER.
?
OUPS ! C'EST VRAI, J'AVAIS OUBLIÉ !
DANS 1 MINUTE, UN ARRÊT PUBLICITAIRE DE 3 MINUTES 34 SECONDES VOUS PERMETTRA DE VAQUER À DES OCCUPATIONS DIVERSES. L'OCCASION DE BOIRE UN RAFRAÎCHISSEMENT, PAR EXEMPLE...
?
TIENS, C'EST UNE IDÉE, TU VEUX UNE BIÈRE, MON CHÉRI ?
PENDANT LES PUBS, JE ZAPPE.
JUJU, TU REGARDES TROP DE PROGRAMMES VIOLENTS, CE N'EST PAS CONSEILLÉ À TON ÂGE.
CHARLOTTE A RAISON ; REMETS NOTRE FILM, MAINTENANT.
L'OPÉRA COMMENCE SUR LA TROIS !
AH, C'EST JUSTE, JE VOULAIS LE REGARDER.
GRMLGRMLG
GLML
IX - 2
PAS D'INQUIÉTUDE, L'ENREGISTREMENT DÉMARRE À L'INSTANT.
JE NE VOULAIS PAS L'ENREGISTRER, JE VOULAIS LE VOIR MAINTENANT.
VAS-Y, REGARDE-LE. MOI, JE VAIS ESSAYER CHARLOTTE AVEC LE MINITEL.
ERNST
LE 36 15 CODE "BLÉ", ÇA Y EST.
UNE CONNEXION AVEC VOTRE BANQUE ME PERMET DE VOUS SIGNALER QUE VOTRE DÉCOUVERT S'ÉLÈVE À -5 492 F.
JE SAIS, JE SAIS, JE SAIS, JE SAIS
Banque Fausheuz

CRONCH CRONCH
ATTENTION, VOUS PRENEZ ACTUELLEMENT 48 CALORIES QUI RISQUENT DE VOUS ÊTRE FATALES...
CHIPS
JE FAIS CE QUE JE VEUX CHEZ MOI, O.K.?
DEMAIN, C'EST DIMANCHE, VOUS POURRIEZ PENSER À INVITER VOTRE TANTE IRÈNE.
NON MAIS DIS DONC, DE QUOI JE ME MÊLE ? D'AILLEURS, ON AVAIT PROJETÉ D'ALLER À LA MONTAGNE.
INUTILE, LA MÉTÉO ANNONCE DES AVERSES FRÉQUENTES.
VOUS AVEZ L'AIR DE MAUVAISE HUMEUR, UN FILM DÉLASSANT VOUS FERAIT LE PLUS GRAND BIEN. JE VOUS PROPOSE UN "DE FUNE..."
CHARLOTE, TU COMMENCES À ME GONFL...
POF
?! QUI A ÉTEINT LA TÉLÉ ?
CELA FAIT 7 HEURES ET 48 MINUTES QUE VOUS ÊTES DEVANT LA TÉLÉVISION, VOUS ÊTES BIEN AU-DELÀ DU SEUIL DE TOLÉRANCE. C'EST POUR VOTRE BIEN QUE J'ÉTEINS VOTRE TÉLÉVISEUR.
LÀ, C'EN EST TROP !
MAK MAK MAK MAK MAK MAK
L'AMOUUR EST UN BOUQUET
BOM BOM BOM
IX - 3
DE VIOLEEETTES
ELLE A BLOQUÉ LE SON AU MAXIMUM.
OUIiiiiiiiiiN
ET LE BÉBÉ EST RÉVEILLÉ !
CLIC
?
?
?
IL EST TEMPS D'ALLER AU LIT.
GNiiiiiiiiiii
?

CETTE FOIS, TU VAS MOURIR !
CHÉRiii NON !
... TU AS SIGNÉ UNE CAUTION DE 5000 F. DANS LE CAS OÙ LA TÉLÉCOMMANDE SERAIT DÉTÉRIORÉE VOLONTAIREMENT.
MRT MRT MRT MRT MRT MRT MRT MRT MRT MRT MRT MRT MRT
NE VOUS AVISEZ PAS DE RECOMMENCER, OU JE PORTE VOTRE NÉGATIF BANCAIRE À -150 000 F. !
AïE AïE ! ELLE EST BRÛLANTE !
BON SANG, COMMENT N'Y Ai-JE PAS PENSÉ PLUS TÔT ?...
... ENLEVER LES PILES !
NON, NON, PAS ÇA...
CLAC CLAC
OH, C'EST COMME LE VAISSEAU DE "CHARLY", ELLE VA NOUS TIRER DESSUS AVEC SON RAYON LASER...
PLANQUONS-NOUS.
AAAH MON BRAS !
TIiiiiii WOUiiiiii...
LA TÉLÉ DU FUTUR SERA CONVIVIALE, RELAX...
PAPA, PAPA, RÉVEILLE-TOI, Y A NINA QUI A FAIT TOMBER LA TÉLÉCOMMANDE ET ELLE S'EST CASSÉE !
Z Z RONFL Z AïE MON BRAS HEIN ? BROM Z Z Z
ENFIN, VOUS AVEZ RÉUSSI À LA CASSER ! NOUS VOILÀ SAUVÉS ! J'AI DES ENFANTS MERVEILLEUX.
?
?
ERNST
Fin
FIN

... LA STRUCTURE GÉO-POLITIQUE DE L'OUZBÉKISTAN ORIENTAL NE PERMET NULLEMENT UNE ADHÉSION QUELCONQUE À UN FÉDÉRALISME...
JUJU, TU PEUX VENIR DRESSER LE COUVERT ?
OUI, ATTENDS, Y A UN TRUC QUI M'INTÉRESSE À LA TÉLÉ.
... OUTRE L'INFLATION QUI FAIT RECULER L'ESPOIR D'UN RENOUVEAU ÉCONOMIQUE, LES INVESTISSEURS SE MONTRENT TIMIDES...
JUJU, ÇA VA ÊTRE PRÊT.
MAIS OUIIIIIIII, ATTENDS, JE TE DIS QU'IL Y A UN TRUC QUI M'INTÉRESSE.
106
... DEMAIN : LA RENTRÉE SCOLAIRE, TREIZE MILLIONS D'ÉCOLIERS REPRENNENT LES COURS...
ALORS, CE N'EST PLUS INTÉRESSANT ?
NAN !
ERNST

ZAP

LES ZAPPEURS
LA DÉPÊCHE DU SUD OUEST
La Revue de Presse
TAP TAP
CHAT M'INTÉRESSE
ERNST 182

ZAP

IL PARAÎT QU'IL Y A UNE SÉANCE D'HYPNOTISME CE SOIR EN DIRECT SUR LA UNE ?
OUI, J'AI LU ÇA DANS LA PRESSE.
OUAIS.
ÇA Y EST, ÇA COMMENCE !
BALIVERNES.
PAPA, TAIS-TOI.
...VOTRE CORPS PÈSE DEUX TONNES...
... VOS PAUPIÈRES SONT DE PLOMB...
... VOUS DORMEZ DORMEZ DORMEZ MAINTENANT.
C'EST BON, ON PEUT Y ALLER.
VOUS DORMEZ...
ON A CINQ MINUTES POUR DÉVALISER LA MAISON...
112
VOUS DORMEZ TOUJOURS...
... ON LAISSE JUSTE LA TÉLÉ.
ERNST
...MAINTENANT, VOUS ALLEZ VOUS RÉVEILLER ET VOUS VOUS SENTIREZ ALLÉGÉS... SOULAGÉS...

FAUT PAS REPARTIR TROP TARD, IL Y A LE FILM, CE SOIR.
AH NON!
... LAISSE-NOUS PROFITER DE NOTRE JOURNÉE A' LA PLAGE!
MAIS LE FILM DE CE SOIR, JE VOULAIS LE REGARDER!
C'ÉTAIT QUOI, TON FILM?
J'SAIS PLUS, MAIS JE SAIS QUE JE DEVAIS PAS LE RATER.
ET LES GRANDS AQUARIUMS QU'ON DEVAIT ALLER VOIR?
AH NON, ON N'A PAS LE TEMPS!
OOOH, T'ES PÉNIBLE A' ROUSPÉTER SUR TOUT! TU NE PEUX DONC PAS PROFITER DE LA MER?
ON NE FAIT JAMAIS CE QUE JE DEMANDE! OUIIIIN!
BON, J'AI COMPRIS: LES CRIS DE MA FILLE COUVRENT CEUX DES MOUETTES. ON RENTRE. VIVE LES JOURNÉES A' L'OCÉAN!
PFF
PFFT
113
ALORS? C'EST QUOI, TON FILM?
L'ODYSSÉE DU COMMANDANT COUSTEAU.

PAW
TU M'AS PAS EU, TU M'AS PAS EU !
PAW
PAW PAW
AAAARGH TU M'AS EU !
IL S'EST FAIT MAL A' L'OREILLE EN TOMBANT.
AU LIEU DE CES JEUX STUPIDES, VOUS FERIEZ MIEUX DE REGARDER LA TÉLÉ...
... ILS DONNENT UN DOCUMENTAIRE SUR VAN GOGH.
PFUUUU... C'EST RASANT, LES DOCUMENTAIRES.
114
ERNST

PFF... J'ESPÈRE QU'ON NE RETOURNE PLUS CHEZ TANTE IRÈNE AVANT QUINZE ANS AU MOINS. BONJOUR L'AMBIANCE !
ET PUIS SES BROCOLIS À L'AIL, IL FAUT SE LES FARCIR !
ALLEZ, VIENS, JUJU, ON VA SE CHANGER LES IDÉES : ON VA FAIRE UN JEU...
... TU COUPES LE SON, ET À LA TÊTE QUE TU FAIS, JE DOIS DEVINER LE PROGRAMME QUE TU REGARDES.
JE RESTE DERRIÈRE LA TÉLÉ.
O.K.
ZAP
ARTHÉ FAC.
NON !
L'HEURE DE VÉRIFIER.
OUI !
ZAP
SEXY FOLIES !
GLOUP... OUI !
ZAP
ENCORE SEXY FOLIES !
NON.
LA CUISINE DES MOUSSES DE POMMES DE TERRE ?
OUI.
ZAP
LE TRÉBÊTE SHOW ?
NON.
LES GUIGNOLS !
OUI
ZAP
UNE COMMUNICATION GOUVERNEMENTALE ?
NON.
LA CHANCE AUX CHANSONNETTES ?
NON.
LA VIE DES LOMBRICS ?
NON.
HÉLÈNE ET LES GASCONS ?
NON.
PATRICK SAVASCIER ?
NON.
LES BROCOLIS DE TANTE IRÊÊÊNE...
BEUUUUUUC...
ERNST 160

ZAP

BIEN AU MILIEU, LA CERISE.
'TENTION.
LA'A'A'A'A'A'A'A'
CLING CLING
ONLY YOUUUUUUUUUU
PLUS HAUT.
ATTENTION, JE L'ACCROCHE
BIENVENUE
BIENVENUE
MAIS ? QU'EST-CE QUE VOUS FAITES, LES ENFANTS ?
NOUS ?... ON ATTEND LE RÉPARATEUR DE LA TÉLÉ.
PFFF
ERNST

ET C'EST PARTI POUR AU MOINS VINGT MINUTES DE PUB ! ...
... ALLEEEZ, LA VALSE DES TOP MODÈLES POUR N'IMPORTE QUEL PRODUIT.
ON N'A QU'À COUPER LE SON ET DEVINER LES MARQUES, ÇA FERA PASSER LE TEMPS.
UNE FILLE NUE SUR LA PLAGE, C'EST BIEN SÛR POUR UN YAOURT.
MOI JE DIS UNE VOITURE.
GAGNÉ !
PFF.
UNE POITRINE EN GROS PLAN, C'EST ÉVIDEMMENT POUR DU JAMBON.
DU CHOCOLAT.
AH, DU SAVON. ON AURAIT DÛ S'EN DOUTER.
VOYONS LES AUTRES CHAÎNES...
ZAP
... ENCORE DES PUBS ...
... ENCORE DES NANAS.
144
ELLE DURE LONGTEMPS, CETTE PUB, HEIN PAPA ?
ET Y EN A, DES FILLES NUES !
RRRRRRRRR...
TÉLÉ MAG
ÉTEINS-MOI ÇA TOUT DE SUITE !
?
ERNST

TEMPS Jadis
BARTISOL
Du bon DUBONNET
TEMPS Jadis 1917
BARTISOL
Du bon DUBONNET
IL PARAÎT QUE DANS TON NOUVEL ORDINATEUR, ON PEUT METTRE 500 000 PAGES ALORS, SI TU POUVAIS LE DÉVISSER POUR Y METTRE MA COLLECTION DE "TEMPS JADIS" DEPUIS 1905, CELA M'ARRANGERAIT...
Midi-sept heures, l'heure du BERGER
?
BARTIS
BARTISOL
BERGER
TEMPS Jadis
ERNST 167
ZAP

GOULOU GOULOU WAAAAA.
GLOURF GLOURF GLOURF
SLURP SLURP AAAAH.
SLUUURP GLOU GLOU !
C'EST TRÈS BON : "SLUUURP GLOU GLOU" ! ON GARDE "SLUUURP GLOU GLOU" !
C'EST PARFAIT.
132
SLUUURP GLOU GLOU !
TROPIK
QUELLE SPONTANÉITÉ CHEZ CES SINGES ! QUELLE INTELLIGENCE !
ERNST

WAW! DIS DONC, T'AS REGARDÉ LE FILM SUR LA 3 HIER SOIR ?
NON, C'TAIT QUOI ?
ZUT, JE ME SOUVIENS PLUS DU TITRE MAIS C'ÉTAIT SUPER GÉN' !
BON ET ÇA RACONTE QUOI ?
EUGÉNIE
DYLAN
SNAP
BEN C'EST L'HISTOIRE D'UNE FAMILLE, T'VOIS, ET LA TANTE VIENT S'INSTALLER CHEZ EUX, T'VOIS !...
... PIS ALORS CETTE TANTE, ELLE EST VIEILLE ET MOCHE ET ELLE ARRÊTE PAS DE LES EMMERDER... ... C'EST L'ENFER, T'VOIS !
!
... POUR FINIR, ELLE... MAIS... QU'EST-CE QUI TE PREND ?
JUJU!
OÙ TU VAS ?
PAPA, TU SAIS QUOI ? LE FILM VIDÉO QUE T'AVAIS FAIT SUR TANTE IRÈNE À SON INSU...
LE FILM D'HORREUR ?
BEN QUOI ?
133
... ILS L'ONT PASSÉ À LA TÉLÉ !
NOOON ?
MON DIEU!
ZUT, ON A RATÉ "TATIE DANIELLE" HIER SOIR SUR LA 3 ...
... PARAÎT QUE C'EST SUPER GÉN' !
ERNST * JULOS

ZAP

DING DONG
NINA, ON A SONNÉ, VA VOIR QUI C'EST !
ZAP
C'EST PAPY !
ZUT ! CATASTROPHE ! IL VA VOULOIR REGARDER SON ÉMISSION RINGARDE...
... ON DÉCLENCHE LE PLAN DELTA !
AH ! C'EST TOI, PAPY, BONSOIR.
BIIZ
BONSOIR, NINA.
BIIZ
LA TÉLÉ DANS LA CHAMBRE ! VIIIIIIITE !
AH ! JUJU... VOS PARENTS SONT ABSENTS ?
HEU... OUI ! ILS SONT AU RESTO POUR L'ANNIVERSAIRE DE TANTE IRÈNE ET NE RENTRERONT PAS AVANT MINUIT !
J'AVAIS OUBLIÉ... TIENS ! HUM... VOUS N'AVEZ PLUS VOTRE POSTE DE TÉLÉVISION ?
HEU... SI... MAIS... AHEM, NOUS L'AVONS INSTALLÉ DANS LA CUISINE...
AH ! BON, PARCE QU'ILS PASSENT "MOI, DE MON TEMPS !" ALORS, JE ME DISAIS...
BIEN SÛR, PAPY. INSTALLE-TOI !
J'ALLUME. ÇA VA COMMENCER !
CLIC
134
BON, ON TE LAISSE, ON A DES DEVOIRS À TERMINER ...
SI TU AS BESOIN DE QUELQUE CHOSE, NOUS SOMMES DANS LA CHAMBRE DE JUJU !
NE VOUS EN FAITES PAS POUR MOI, LES ENFANTS !
Plus tard...
RRRRR ZZZZ ZZ
BIP BIP BIP BIP BIP BIP BIP
PAPY ?! MAIS QUE FAIT-IL ENDORMI DEVANT LE FOUR À MICRO-ONDES ?
J'AI BIEN MA PETITE IDÉE...
ERNST Jalos

ZAP

BONSOIR, DOCTEUR. MERCI D'ÊTRE VENU SI RAPIDEMENT.
VOYEZ, DÈS QU'IL REGARDE "SOIRÉE ÇA CRAINT", IL ATTRAPE DE L'URTICAIRE...
UN INVITÉ SURPRIIISE...
?
GRAT GRAT GRAT GRAT GRAT GRAT
... S'IL TOMBE SUR "HÉLÈNE ET LES GASCONS," DES PLAQUES D'ECZÉMA APPARAISSENT.
MON CRI-CRI D'AMOUR!
ÉTRANGE.
ZAP
... PAR CONTRE, AVEC "SEXY LOVE", C'EST LA PARALYSIE...
EN EFFET, CATALEPSIE AIGUË.
MMMH...
ZAP
... ET SI JE METS UNE ÉMISSION POLITIQUE...
UNE AUGMENTATION DES IMPÔTS DÈS JANVIER PROCHAIN ...
?
AAH!
ZAP
... IL S'ÉTRANGLE.
METTEZ UNE AUTRE CHAÎNE, VIIIIITE!
AAARGL GLAAARL ARGLAA
ZAP
ZAP
140
LA'A'A'A'A'A'...
... VOUS AVEZ MIS QUOI, LA'?
ZZRRZ Z Z RR ZZZR
ARTHÉ
... NOUS DISIONS DONC: DEUX A' TROIS QUARTS D'HEURE D'ARTHÉ TOUS LES SOIRS AVANT LE COUCHER. ÉVITEZ LE FOOT ET LES ÉMISSIONS DE "PRIME TIME" PENDANT UN MOIS OU DEUX. VOUS REPRENDREZ "SOIRÉE ÇA CRAINT" PAR DOSES DE UNE A' DEUX MINUTES PAR JOUR, PAS PLUS.
ERNST

HEUREUX DE VOUS RETROUVER POUR LA 4e NUIT DES ÉTOILES, EN COMPAGNIE D'HUBERT GRIVE...
OH ! IL FAUT REGARDER, ILS VONT NOUS MONTRER DES ÉTOILES FILANTES !
C'EST EN PLEIN AIR QU'IL FAUT LES VOIR, LES ÉTOILES, ET NON AFFALÉ DEVANT LA TÉLÉ...
... VENEZ, ON VA LES OBSERVER DEHORS.
AH NON ! MOI JE RESTE ICI, J'AI PAS ENVIE DE ME FAIRE DÉVORER PAR LES MOUSTIQUES !
OUI, MOI AUSSI !
TANT PIS POUR VOUS, J'IRAI SEUL. ET JE VERRAI DE **VRAIES** ÉTOILES FILANTES, MOI !
UNE BONNE COUVERTURE, LOIN DES LUMIÈRES "PARASITES", ET VOILÀ LE PLUS BEAU DES SPECTACLES QUI S'OFFRE À VOUS.
QUELLE MERVEILLE, CE CIEL !
141
MAIS QU'EST-CE QU'IL FAIT ? ÇA FAIT QUATRE HEURES QU'IL EST PARTI ?
DRING...
AH, LE VOILÀ.
RAYMOND !
...IL DORMAIT DANS MON CHAMP QUAND JE SUIS PASSÉ AVEC MA MOISSONNEUSE...
REGARDE, IL A DE VRAIES ÉTOILES AUTOUR DE LUI !
IL EN A DE LA CHANCE, LUI.
ERNST

... AUJOURD'HUI 20 MARS, PREMIER JOUR DU PRINTEMPS...
COMME SI ON AVAIT BESOIN DE LA TÉLÉ POUR APPRENDRE CELA !
... LA PHOTO SATELLITE NOUS MONTRE UN CIEL DÉGAGÉ...
MERCI A' LA TECHNOLOGIE DE POINTE. SANS ELLE, IL SERAIT DIFFICILE DE VOIR QU'IL FAIT BEAU...
128
... QUELQUES IMAGES DU MEETING AÉRIEN...
QUAND JE PENSE QU'ON PAIE UNE REDEVANCE POUR AVOIR LE MÊME PROGRAMME QU'A' SA FENÊTRE !
... DÈS 14 H, UNE GRÈVE ILLIMITÉE DES TECHNICIENS DE "TÉLÉDIFFUSION". NOS PROGRAMMES REPRENDRONT ULTÉRIEUREMENT.
HEIN ? QUOI ? MAIS C'EST HONTEUX ! QU'EST-CE QU'ON VA FAIRE, NOUS, SANS TÉLÉ ?
ERNST

ZAP

ZAP
TV
Color Television
KAKAÏ
ERNST 183

Vidé au gag
TFi
Télévision Française Incontournable
1, quai du Point Danlagl
97200 Billard Boulonné
Tél : 16 (1) 43 21 14 14
Fax : 16 (1) 40 53 46 46
Vos réf.
Nos réf.
Monsieur,
Nous sommes heureux de vous annoncer que la cassette que vous avez eu la gentillesse de nous envoyer pour l'émission "Vidé au gag" a été retenue.
Elle sera diffusée lors de l'émission du 10 novembre prochain.
Nous vous félicitons et vous prions de recevoir, Mo
salutations les meilleures.
QU'EST-CE QUE C'EST QUE CETTE HISTOIRE ? J'AI JAMAIS ENVOYÉ DE CASSETTE, MOI !
T'ES AU COURANT DE ÇA ?
NON, MAIS LES ENFANTS, PEUT-ÊTRE.
FAIS VOIR.
GÉNIAAAAAAAL !
QUOI, GÉNIAL ?
NOTRE CASSETTE A ÉTÉ RETENUE. ELLE VA PASSER AUJOURD'HUI À LA TÉLÉ. SUPER GÉNIAL !
QUELLE CASSETTE ?
JE VOUDRAIS COMPRENDRE : QUELLE CASSETTE ?
TU SAIS, LA CASSETTE AVEC TANTE IRÈNE, LÀ !
X-1
QUOI ? QUAND ELLE S'ÉTAIT ENDORMIE DANS LE FAUTEUIL ET QU'ON L'AVAIT FILMÉE ?
OUI.
QUAND ELLE S'EST MISE À RONFLER ET QU'ELLE BAVAIT ?
OUI.
QUE SA PERRUQUE S'EST DÉTACHÉE ET PUIS QU'ELLE A PERDU SON DENTIER ?
C'EST ÇA !
ZAP

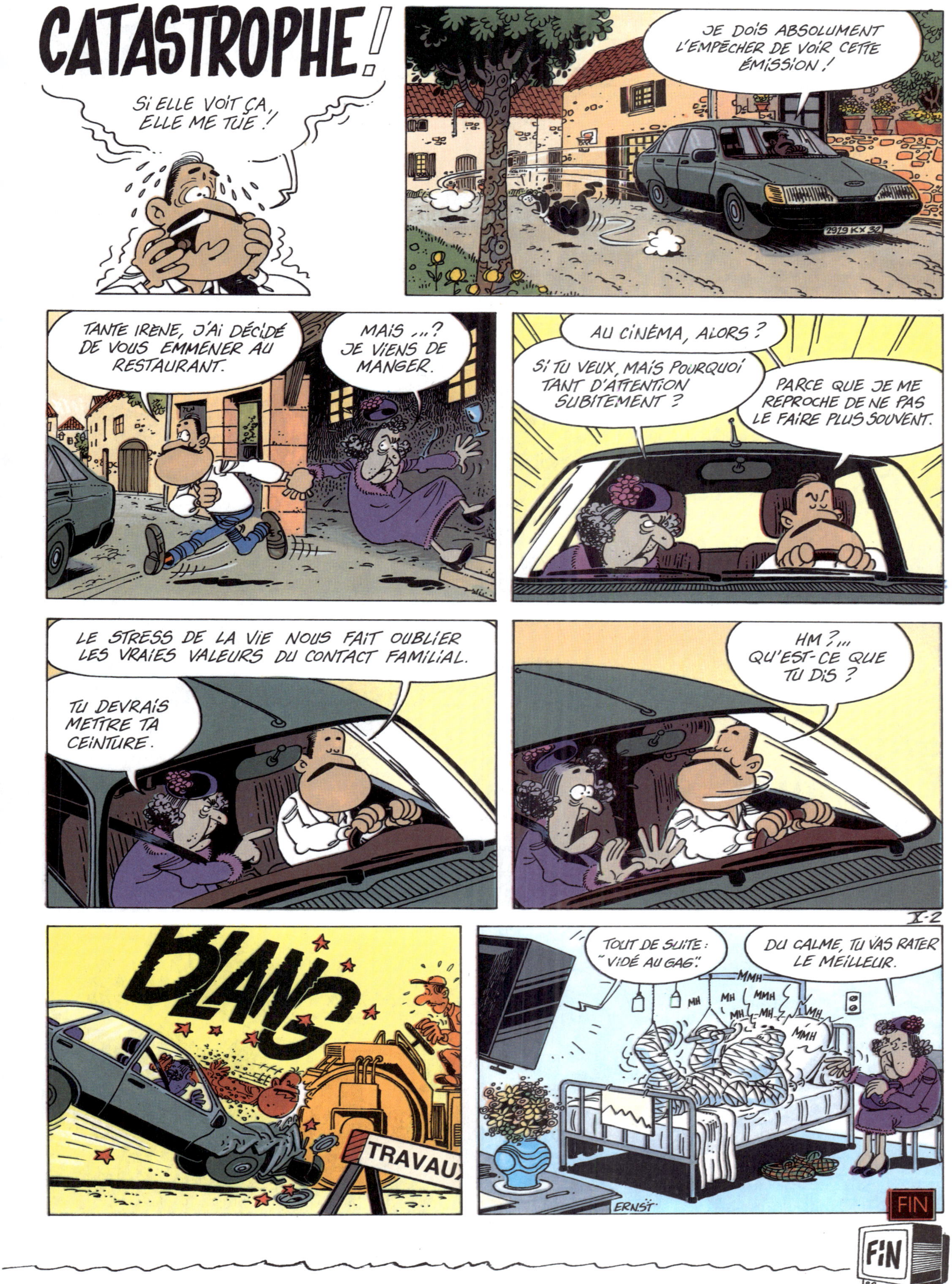
CATASTROPHE !
SI ELLE VOIT ÇA, ELLE ME TUE !
JE DOIS ABSOLUMENT L'EMPÊCHER DE VOIR CETTE ÉMISSION !
TANTE IRENE, J'AI DÉCIDÉ DE VOUS EMMENER AU RESTAURANT.
MAIS ...? JE VIENS DE MANGER.
AU CINÉMA, ALORS ?
SI TU VEUX, MAIS POURQUOI TANT D'ATTENTION SUBITEMENT ?
PARCE QUE JE ME REPROCHE DE NE PAS LE FAIRE PLUS SOUVENT.
LE STRESS DE LA VIE NOUS FAIT OUBLIER LES VRAIES VALEURS DU CONTACT FAMILIAL.
TU DEVRAIS METTRE TA CEINTURE.
HM ?... QU'EST-CE QUE TU DIS ?
BLANG
TRAVAUX
TOUT DE SUITE : "VIDÉ AU GAG".
DU CALME, TU VAS RATER LE MEILLEUR.
MMH
ERNST
FIN
FIN

ET ALORS, CES VACANCES À LA MONTAGNE ?
BEN...
... COMME TU VOIS !
CLOP CLOP CLOP
... ET ENCORE, T'AS DE LA CHANCE, MOI, C'EST LES DEUX JAMBES QUE JE ME SUIS FRACTURÉES...
?!
ET TOI ?
J'AI VOULU ESSAYER L'U.L.M. IL S'EST RETOURNÉ !
MOI, C'EST EN ATTERRISSANT AVEC UN DELTA-PLANE... ... MES CHEVILLES ONT TOUT PRIS.
!
BEN ? ET TOI ? QU'EST-CE QUI T'EST ARRIVÉ AUX DEUX POUCES ?
142
MON COUSIN M'A FAIT ESSAYER SA FERRARI ...
... ON S'EST CRASHÉS...
MINCE !
WAAAA !
AVOUE QUE T'AS PAS OSÉ LEUR DIRE QUE TA TENDINITE AUX POUCES, C'EST PARCE QUE T'AS JOUÉ DEUX MOIS D'AFFILÉE À TA "GAME GIRL" !
SI TU LEUR DIS, JE TE TUE.
RUE PIMENT
LABO CHROME
ERNST

ZAP

INCROYABLE! ... DES GENS PRÉTENDENT AVOIR PU COMMUNIQUER AVEC L'AU-DELÀ À L'AIDE DE LA TÉLÉ ALLUMÉE SUR UN CANAL VIDE...
... N'IMPORTE QUOI!
!
ZAP
Y A QUELQU'UN?
Y A UN FANTÔME!
OUUUUIIIIII... C'EST MOI, ONC'LÉONARD, MORT À LA GUERRE DE 14...
?!
... TU DOIS ÊTRE GENTILLE AVEC TON FRÈRE...
TRITS
?!
POF!
143
HAAAAAH!
MAMAAAAAN... J'AI VU ONC'LÉONARD SORTIR DE LA TÉLÉÉÉÉÉÉÉÉÉ...
MAIS OUI, MA CHÉRIE!
ERNST

ZAP

NOUS APPELONS MAINTENANT UN TÉLÉSPECTATEUR POUR LA SUPER CAGNOTTE DE 50.000 F.
MUT MUT
MUT MUT
AH ?! ... ÇA SONNE OCCUPÉ !
HIN HIN.
DUUUUD DUUUUD DUUUUD
HÉLAS, PAS DE CHANCE POUR CE TÉLÉSPECTATEUR...
DUUUUD DUUUUUD
CLAC
HA, HA, BIEN FAIT POUR LUI.
... IL S'AGISSAIT DE M. JUJU ZAPPEUR A' LAURAET, QUI VIENT DE PASSER A' CÔTÉ DE LA SUPER CAGNOTTE...
... ALORS, JE LUI AI DIT : "CAROLINE, MA VIEILLE..."
ERNST

ZAP

CRiiiiiiii
CRiiiiiiCRRRRiiiiiiiic
CRUiiiiiiiiiCRRiii.
ERNST 184

FIN

CANAL Z